I0551396

GABRIELLE
... dies, en vers, par M. ÉMILE AUGIER.
... volume in-18. Prix : 2 francs.

... THÈQUE DRAMATIQUE
Théâtre moderne.

LES

... ONS VIVANTES

... E RENDU DE 1849

... MÊLÉ DE COUPLETS

VAUDEVILLE

Prix : 60 centimes

... VENTE, OUVRAGES COMPLETS

... NATIONALE
... IQUE

... texte
...
... Prix
...
... ques spéciales.
... Prix : 20 fr.

JÉROME PATUROT

à la recherche

DE LA MEILLEURE DES RÉPUBLIQUES

Par LOUIS REYBAUD.

Illustré par TONY JOHANNOT.

Un beau volume, grand in-8. — Prix
broché : 15 fr.
Relié en toile, avec plaques spéciales,
doré sur tranches. — Prix : 20 fr.

... FRÈRES, LIBRAIRES-ÉDITEURS

... format in-18 anglais, et du Théâtre de ...

RUE VIVIENNE, 4

... 18 — 1850

... DE BRAGELONNE

LES
SAISONS VIVANTES

COMPTE-RENDU DE 1849,

PAR MESSIEURS

DARTOIS, ROGER DE BEAUVOIR ET DE BESSELIÈVRE.

REPRÉSENTÉE, POUR LA PREMIÈRE FOIS, A PARIS, SUR LE THÉATRE
DU VAUDEVILLE, LE 14 JANVIER 1850.

DISTRIBUTION DE LA PIÈCE.

LE TEMPS.................................... M. AMBROISE.
MERCURE .... M. LECOUR.
LE JOUR, valet de chambre du Temps...... Mlle VALENTIN.
LA NUIT, servante du Temps... .... Mlle ANCUBA.
LE PRINTEMPS.............................. Mlle CICO.
L'ÉTÉ..................................... Mlle RENAUD.
L'AUTOMNE................................. Mme PAUL ERNEST.
L'HIVER................................... Mme OCTAVE.
M. POURQUOI-ÇA............................ M. LÉONCE.

UN PICADOR.
UN CUIRASSIER.
UN CHASSEUR.
LES THÉATRES. } Personnages muets.
LE TÉLÉGRAPHE
 ÉLECTRIQUE
HEURES.
MINUTES. } Valets du Temps.
SECONDES.

S'adresser, pour la musique de cet ouvrage, à M. R. Taranne, 15, rue
Montmartre.

8° Z le Senne 13.741

Le théâtre représente un jardin spacieux. — A droite du public, pavillon. — Perspective au fond.

SCENE I.

LE JOUR, LA NUIT. (*Au lever du rideau, le Jour en groom, doré sur toutes les coutures, paraît à droite et s'arrête en voyant la Nuit qui sort par la droite.*)

LE JOUR.

Psitt! psitt! la Nuit s'enfuit?

LA NUIT. *Elle est mise en soubrette, une étoile brille sur son petit bonnet; elle s'arrête.*

Il le faut bien, puisque le Jour paraît!

LE JOUR.

Ainsi, c'est moi qui vous chasse?

LA NUIT.

C'est assez votre habitude.

LE JOUR.

Nous ne sommes pourtant pas ennemis.

LA NUIT.

Non, mais nous ne pouvons pas nous voir!

LE JOUR.

Eh bien, causons sans nous regarder. (*Il tire sa montre.*) Il n'est que sept heures du matin.

LA NUIT.

Le Jour ne doit être levé qu'à demi.

LE JOUR.

Et la Nuit ne peut être disparue qu'à moitié. (*Ils se rapprochent.*)

LA NUIT.

Le Jour et la Nuit ensemble! quelle invraisemblance!

LE JOUR.

On en voit bien d'autres maintenant!

AIR: *Vaudeville de partie carrée.*

Sur tous les rangs, sur l'esprit, la naissance,
Le niveau passe... Il n'est plus ici bas,
Chez les humains, aucune différence,
Et l'on ne peut s'y reconnaître, hélas!
Grands et petits, afin de tout refondre,
On mêle tout... Si cela se poursuit,
On finira, j'espère, par confondre
   Le jour avec la nuit.

LA NUIT.

Il faut convenir que le Temps, notre maître, est un dieu bien excentrique !... Lui qui passait pour avoir un caractère si constant, si raisonnable... qu'on disait toujours : le Temps est un grand maître !

LE JOUR.

Il a marché avec le progrès, et le grand maître est devenu un petit maître.

LA NUIT.

Il s'est fait teindre la barbe. Il a quitté sa grande faux pour prendre un petit steek ; il a ôté ses sandales dorées pour chausser des bottes vernies, et il a déposé sa couronne d'immortelles pour se coiffer d'un gibus caoutchouté. Puis il a loué et meublé ce bel hôtel, faubourg Saint-Honoré.

LE JOUR.

En face du Président de la République, pour que le chef du gouvernement ne perde pas le Temps de vue.

LA NUIT.

Et quel train de maison il a pris ! Un jardin, une serre où toutes les fleurs font la nique au Jardin-d'Hiver ! Les Heures, les Minutes sont à son service !

LE JOUR.

Moi, le Jour, je suis son valet de chambre.

LA NUIT.

Et moi, la Nuit, je suis sa servante.

LE JOUR.

Pour tout faire.

LA NUIT.

Je suis si bonne !...Mais il faut que je vous quitte... on pourrait faire des cancans... et ma vertu... (*En ce moment Mercure, habillé en commis-voyageur, avec des petites ailes aux talons, saute sur la scène.*)

SCENE II.

Les Mêmes, MERCURE.

MERCURE.

Connu !

LE JOUR *et* LA NUIT.

Mercure! (*La Nuit s'enfuit.*)

MERCURE.

Le Jour et la Nuit étaient ensemble !... C'est donc le chaos ? (*Un air de trompette se fait entendre.*) Qu'est-ce que c'est que ça ?

LE JOUR.

C'est le Temps qui m'appelle... C'est sûrement pour savoir si vous êtes arrivé.

MERCURE.

Est-il impatient!...

LE JOUR.

Dame! il vous a nommé son commissaire, et vous a chargé d'aller dresser une enquête sur les saisons de l'année 1849... Nous voici en 1850 et vous êtes en retard.

MERCURE.

Est-ce ma faute?

LE JOUR.

Il a voulu faire passer avant vous la question des *impôts*.

MERCURE.

Dame! c'est une question palpitante...

LE JOUR.

Et que le public a résolue... Aujourd'hui l'on paye comme on peut.

MERCURE.

La médaille qu'il veut décerner à celle qui aura fait les plus grandes choses est prête, et la cérémonie doit avoir lieu aujourd'hui... Je suis arrivé à tire d'aile... mais j'ai été arrêté dans les airs par une volée de canards qui semblaient venir de Paris... Et puis, je n'avais pas que l'enquête à faire... Est-ce que je ne suis pas la divinité du commerce?

LE JOUR.

Le commerce n'a pas dû vous donner beaucoup d'occupation!

MERCURE.

Mais en revanche je suis le dieu des voleurs, et j'ai eu de la besogne!...

AIR *de Roger bon temps.*

Le métier de voleur
Aujourd'hui fait fureur;
On l'est de cent façons.
J'ai vraiment beaucoup de leçons!
Moi qui suis Dieu de cette troupe agile,
Moi, professeur célèbre par mes cours,
En parcourant cette honorable ville,
J'ai consigné, ma foi, d'excellents tours!
Partout j'ai professé,
Mais on m'a dépassé,
Vous allez voir comment,

J'en fus d'abord confus vraiment !
C'est un pays qu'on doit vanter sur mille.
Là, mon école au moins trouve un appui,
Ce qu'on n'a pas, le tour devient facile,
On le prend vite en la poche d'autrui,
 C'est le *vol au bonjour,*
 C'est le *vol à l'amour.*
 Le *vol par action*
 Et le *vol par souscription !*
D'abord Breda, doux quartier qui m'attire ;
En ses boudoirs que de larcins charmants !
Pour nos Arthur c'est le *vol à la tire,*
Pour nos Laïs le *vol aux diamants !*
 Là, chaque mobilier
 Est un vrai médailler
 Conquis sur chaque amour,
 Portant son numéro du jour !
Dans ce Paris le moins fort m'en remontre,
Mais avant tout je veux voir et bien voir.
Hier, à la Bourse, on m'a pincé ma montre,
A l'Odéon on m'a fait mon mouchoir !
 Le métier de voleur, etc.

Mais j'ai terminé mon enquête sur les Saisons... Je demande à voir le Temps ? (*La porte du fond s'ouvre, le Temps entre, habillé en lion, une twed sur le bras, un lorgnon sur l'œil, etc.*)

SCENE III.

Les Mêmes, LE TEMPS.

LE TEMPS.

Présent !... Eh ! c'est Mercure... c'est mon commissaire ! Comment, c'est toi, coquin de Dieu !... Eh bien, ta mission est-elle remplie ?

MERCURE.

Bord à bord.

LE TEMPS.

Tu as vu, étudié et interrogé les Saisons de l'année 1849... Tu les connais ?

MERCURE.

Je les connais comme si je les avais faites.

LE TEMPS.

Alors rends-moi compte... Mais ne va pas me jeter au nez toutes les vieilles épigrammes qui courent les rues et les spectacles, sur les *socs*, les *démocs* et les *aristos*... j'en ai par-dessus les oreilles et le public aussi !

AIR : *Dis-moi, mon vieux.*

Dans ton récit ne mets point de colère !
Jupiter seul peut être fulminant !
Ne touchons pas aux gens qui sont par terre ;
Je veux du neuf, du gai, de l'étonnant !
Dis-moi qu'en ville, ainsi qu'à la campagne,
Tous les humains sont polis, réservés...
Et qu'on ne voit, même sur la Montagne,
Que des hommes bien élevés !

MERCURE.

Ceci est une chose qui tous les jours frappe les yeux, inutile d'en parler. . Revenons aux Saisons , elles prétendent que le Temps ne leur a pas été favorable et qu'on veut les renverser.

LE TEMPS.

Renverser les Saisons, ce serait une absurdité !

MERCURE.

C'est pour cela qu'elles craignaient tant ! Ces dames, du reste, m'ont donné tous les renseignements sur leurs faits et gestes... mais elles m'ont déclaré qu'elles voulaient venir en personne faire valoir leurs droits !... Elles disent que, par le temps qui court, on ne fait bien ses affaires que soi-même...

LE TEMPS.

Ces paroles sont un peu révolutionnaires , mais c'est un langage de saison ! Qu'elles viennent , nous consulterons le thermomètre des succès.

MERCURE.

Je le porte toujours sur moi !... (*Il ouvre son habit et montre son gilet qui représente un thermomètre.*)

LE TEMPS.

C'est juste , le thermomètre ne va pas sans Mercure !

MERCURE.

Et celui-là ne peut pas nous tromper , il est à l'épreuve !

LE TEMPS.

Tu dis vrai !

MERCURE.

AIR *de la Sentinelle.*

Ce thermomètre, au doux, au tempéré,
Resta longtemps, marquant des jours de fête,
Dix-huit cent trente arriva, son degré
Porta bientôt son tube à la tempête.

Le temps aidant, à monter il parvint,
Et signala l'industrie au pinacle.
Dix-huit cent quarante-huit vint,
Et le thermomètre prévint
Qu'on allait avoir la débâcle!

LE TEMPS.

Allons, préparons-nous à recevoir les Saisons dans ce jardin modèle! Car, tu le sais, je suis président né de toutes les sociétés d'horticulture. (*On entend l'air du rossignol.*) Qu'entends-je?

MERCURE.

Le chant du rossignol... le Printemps est arrivé! (*La musique continue, et une touffe de rosiers remplie de boutons paraît au milieu de la scène.*)

AIR *de Psyché.*

LE TEMPS.

Quel air doux se répand
Sur toute la nature!
Quel parfum ravissant.
Quelle volupté pure!
Agité malgré soi,
Par une vive flamme,
Qui réveille notre âme?

La touffe de rosiers s'ouvre et le **Printemps** *en sort sous les traits d'une jeune villageoise fraîche et jolie; elle tient des bouquets de différentes fleurs de printemps.*

SCENE IV.

LES MÊMES, LE PRINTEMPS, *sous le nom de Florette.*

FLORETTE, *finissant l'air.*

C'est moi!

MERCURE.

C'est la saison du Printemps...

FLORETTE.

Elle-même!

AIR *nouveau de Montaubry.*

A moi les fleurs,
A moi les cœurs,
A moi la nature;
Voyez ma ceinture
De mille couleurs.
Les haleines chaudes
Des zéphirs joyeux,
De mille émeraudes
Font naître les feux.
C'est mon diadème,
Le prix je l'attends,

Partout où l'on aime,
On voit le printemps.
Calices adorants, épanchez vos douceurs,
Roses belles de nuit, oh ! vous êtes mes sœurs !
A moi les fleurs, etc.

LE TEMPS, *la lorgnant.*

Cette Saison est charmante, ma parole d'honneur ! Nous vous attendions, ma belle enfant.

FLORETTE, *étonnée.*

Vous m'attendiez ?

LE TEMPS.

Oui, Mercure m'avait prévenu que vous vouliez vous trouver ici avec le Temps.

MERCURE, *à Florette, galamment.*

Avertir qu'on allait vous voir, c'était annoncer un plaisir.

FLORETTE, *souriant.*

Vous êtes un Mercure galant !

LE TEMPS, *à Florette.*

Voyons, ma gentille printanière, qu'avez-vous fait pendant vos trois jolis mois de règne ?

FLORETTE.

D'abord, je n'ai pas fait la République !

LE TEMPS.

Je vous demande ce que vous avez fait de bien ?

FLORETTE.

Oh ! je ne suis pas restée les bras croisés.

AIR : *Je sais arranger des rubans.*

A la prairie, à nos forêts,
J'ai rendu leur verte toilette ;
J'ai fait vibrer dans nos bosquets
Le chant si doux de la fauvette.
J'ai fait les brillantes couleurs
Du papillon qui jamais ne repose...
J'ai fait battre les jeunes cœurs...

Baissant les yeux.

Enfin, j'ai fait fleurir la rose.
Et puis j'ai fait fleurir la rose !

MERCURE.

C'est du Florian tout pur !...

LE TEMPS.

Tout cela est fort attrayant... mais ça rentre dans votre spécialité de printemps ! Vous avez sans doute d'autres œuvres à produire ?

FLORETTE.

Oh! oui que j'en ai! et qui doivent me faire obtenir une médaille, quand ce ne serait qu'une médaille d'encouragement!

LE TEMPS.

Parlez!... le Temps, ma jolie cliente, est aux médailles... Connaissez vous celle-ci? (*Il lui montre une des nouvelles pièces de la République.*)

FLORETTE.

Quelle est cette monnaie?

LE TEMPS.

La dernière pièce de cent sous frappée sous la dernière République. Ce qu'elle nous a donné y est scrupuleusement gravé... Voyez plutôt comme c'est ponctué.

FLORETTE, *vivement.*

Ah! voyons! voyons!

LE TEMPS, *lui montrant une pièce de cent sous.*

Air *de Couder* (Daphnis et Chloé).
République française...

FLORETTE.

Point!

LE TEMPS.

Liberté... vois à l'aise.

FLORETTE.

Point!

LE TEMPS.

Égalité... prends garde!

FLORETTE.

Point!

LE TEMPS.

Fraternité... regarde.

FLORETTE.

Point!

LE TEMPS.

Mais brisons là... Quels sont vos titres?

FLORETTE.

J'ai fait ouvrir des jardins délicieux, où les jeunes gens vont étudier les belles manières.

LE TEMPS.

Et ces jardins sont-ils gardés, comme le jardin des Héspérides, par un dragon?

1.

FLORETTE.

Les dragons, les cuirassiers, les carabiniers, tous les uniformes peuvent y entrer en payant la retribution... Mabille, le Chateau-Rouge, la Chaumière, voila les trois créations champêtres qui font une partie de ma gloire... Chacun de ces jardins a son caractère particulier, sa toilette, son langage!... Chez Mabille, on est habillé... au Chateau-Rouge, on est ficelé... à la Chaumière on est chiqué... Chez Mabille on se salue ainsi... (*Elle salue avec la main.*) Au Chateau-Rouge, comme cela... hoé ! (*Elle lève un bras et baisse l'autre.*) A la Chaumière c'est ceci... (*Elle met son pouce à son nez et étend les doigts de ses deux mains.*) Je vais vous faire voir les nuances en action. (*Elle fait un geste avec ses bouquets, l'orchestre joue une valse piano. On voit passer dans le fond un jeune homme en habit noir, gants jaunes, chapeau gris sur l'oreille; il donne le bras à une jeune dame élégamment vêtue.*)

FLORETTE, *au Temps, en les montrant.*

Genre Mabille. (*Le couple disparaît, la musique change de mouvement et joue une polka, on voit passer un cavalier (caricature parisienne. Un chapeau pointu, il a le cigare à la bouche et donne le bras à une dame d'une mise excentrique; il lui envoie de la fumée à la figure.*)

LE TEMPS.

Comment ! il fume ayant une dame au bras et lui envoie de la fumée dans la figure !

FLORETTE.

Genre Château-Rouge. (*Ils disparaissent; la musique change encore de mouvement et exécute toujours, piano, un cancan bien marqué. Un jeune homme paraît avec paletot d'été, casquette; il tient par la taille une grisette; tous deux ont le cigare à la bouche.*)

LE TEMPS.

Dieu me pardonne, l'homme et la femme fument !

FLORETTE.

Genre Chaumière ! (*Ils disparaissent.*)

ENSEMBLE.

MERCURE *et* LE TEMPS.

AIR : *De Caroline.*

C'est joli, c'est une trouvaille
Que des jardins comme ceux-là !
Mais pour obtenir la médaille,
Il faut encore mieux que cela !

FLORETTE.

Convenez que c'est un' trouvaille

Que des jardins comme ceux-là !
Et que pour avoir la médaille
Il me suffirait de cela !

LE TEMPS.

Je veux mieux que cela.

FLORETTE.

Eh bien, venez au Théâtre-Français !

MERCURE.

Est-ce qu'il y a du mieux par là ?

FLORETTE.

Grâce à moi ! je lui ai donné Adrienne Lecouvreur !

LE TEMPS, à Mercure.

A quoi en est le thermomètre ?

LE JOUR, regardant le gilet de Mercure.

Il monte, il est à grande recette.

FLORETTE.

Vous croyez !

MERCURE.

Mais il descend tout de suite ! le voici à démission.

LE TEMPS.

Qu'est-ce qui donne sa démission ?

FLORETTE.

Une ingrate !

AIR : A soixante ans il ne faut pas remettre.

Gloire, bravos, tout était unanime
    Pour Adrienne Lecouvreur !
Mais ce talent si fier et si sublime
Voulut quitter, dans un moment d'erreur,
Cette maison dont il était l'honneur.

LE TEMPS.

Quoi ! fuir l'asile où travaillant ensemble,
    On réparait à force de succès
Tous les dégâts que les chutes ont faits !
Non, Lecouvreur ne pouvait, ce me semble,
Quitter le toit du Théâtre-Français !

FLORETTE.

C'est que ce toit-là est bien endommagé... Et comme les travailleurs ne pouvaient s'entendre pour réparer la maison, on leur a accordé malgré eux un commissaire de théâtre.

MERCURE.

Un commissaire de théâtre !

FLORETTE.

Que voulez-vous ?

Air : *Femme, voulez-vous éprouver.*

On boudait, on se querellait,
On refusait de jouer mainte pièce!
De tous côtés on se plaignait,
Le désordre augmentait sans cesse.

LE TEMPS.

Mais tout ce bruit... si pour le réprimer,
D'un commissaire on réclamait l'office,
Il suffisait de leur nommer
Un commissaire de police.

FLORETTE.

L'un n'empêchera peut-être pas l'autre...

LE TEMPS.

Nous verrons!...

FLORETTE.

Mais pour vous prouver que mon bagage n'est pas mince...
(*Un coup de tam-tam se fait entendre; un éclat de musique de cuivre part de l'orchestre.*)

LE TEMPS *et* MERCURE, *se bouchant les oreilles.*

D'où vient ce vacarme?... (*Une énorme colonne en mirliton, avec de la musique gravée tout autour, s'élève au milieu de la scène.*)

MERCURE.

Quel est ce mirliton monstre?

FLORETTE.

C'est la partition du *Prophète* dégagée de ce qu'il y avait de trop dans la musique.

MERCURE.

Elle n'a pourtant pas l'air trop dégagée.

LE TEMPS.

Tout le monde dit que ce prophète-là est un prophète de malheur.

FLORETTE.

Qu'est-ce qui dit cela?

LE TEMPS.

Ceux qui l'ont vu.

FLORETTE.

Alors ce n'est pas tout le monde... C'est ça qui peut s'appeler un grand opéra... tout y est étourdissant, quoi!

LE TEMPS.

Air: *J'ai vu le Parnasse des dames.*

D'Orphée, amateur des plus rares,

La musique aux sons enchanteurs,
Des animaux les plus barbares,
Dit-on, abattait les fureurs...
Celle-ci de toute manière
Serait d'un effet plus frappant,
Car elle abattrait leur colère
Et leur briserait le tympan ..

LE TEMPS, *à Mercure.*

Mercure, que marque le thermomètre?

LE JOUR, *regardant le gilet de Mercure.*

Il est à la clôture.

LE TEMPS, *à Florette.*

Vous avez fermé l'Opéra?

FLORETTE.

Pour cause de réparation.

MERCURE.

A la caisse?

FLORETTE.

Oh! non! aux danseuses !

LE TEMPS, *lui prenant la main.*

Mon aimable Printemps, vous êtes une saison pleine de douceur, de fraîcheur et de candeur... Passez dans mon boudoir et attendez-y mon jugement.

FLORETTE, *le cajolant.*

Mon doux juge, puis-je compter que j'aurai le Temps .. pour moi?

MERCURE.

Comme elle le câline !

LE TEMPS.

Vous êtes la saison du bonheur...

FLORETTE.

Et je le donne avec tant de plaisir !

MERCURE.

Ça lui coûte si peu !

FLORETTE, *au Temps ; elle a passé son bras dans le sien*

Air de M. *Doche.* (Le Carlin.)

Mes sœurs, comme moi, vont venir
Essayer sur vous leur puissance;
Et surtout n'allez pas faiblir,
Je redoute leur influence !
Si vous couronniez en ces lieux,
Sans faire injustice à personne,

Celle qui fait le plus d'heureux,
Vous me donneriez la couronne !

LE TEMPS.

Sapristi ! Quel effet produit le Printemps !

MERCURE, *donnant la main à Florette et la conduisant au boudoir.*
J'espère que voilà un bel et bon Temps !

FLORETTE.

Oui, il est serein ! (*Elle entre dans le boudoir.*)

SCENE V.

MERCURE, LE TEMPS, LE JOUR.

LE TEMPS.

Vive Dieu ! ce Printemps m'a tout agité !... Le thermomètre?

LE JOUR.

Il est à l'amour... Chaleur de ver-à-soie...

LE TEMPS.

Ah ! que le soleil est ardent !...

MERCURE.

Je suis en ébullition.

LE TEMPS.

De l'air ! de l'air !... Je sens que je deviens étouffant !

MERCURE.

Je le crois bien... Voici l'Été !

SCÈNE VI.

MERCURE, LE TEMPS, L'ÉTÉ, un Picador (*Hippodrome*); un cuirassier (*Cirque*).

(*L'Été est représenté par une jeune femme habillée en écuyère élégante du Cirque; chapeau d'amazone à plumes, cravache, etc.; le picador a le costume de l'Hippodrome.*)

LE TEMPS.

L'Été en écuyère !

L'ÉTÉ.

Je sors de l'Hippodrome.

AIR *du Chalet.*

De l'Hippodrome aux coursiers éclatants,
C'est moi (*ter*) qui fais les succès palpitants !
Quand je parais, le public se levant,
Voit passer devant lui l'éclair, ou la flèche ou le vent !

PREMIER COUPLET.

Il faut voir comme en cette arène
A mon gré j'arrête où j'entraîne;

C'est sans pareil !
A la voltige je préside,
Ou comme Apollon je te guide,
Char du soleil !
Aussi les fleurs en moisson embaumée
Couvrent bientôt ma route parfumée !

De l'Hippodrome, etc.

DEUXIÈME COUPLET.

Dans le ballon où Green s'élance
J'ai toujours ma place à l'avance !
Je n'ai pas peur
D'aborder la céleste sphère,
Voyant d'en haut fumer la terre,
Blanche vapeur !
En écuyère ou bien en amazone,
J'obtiens toujours les bravos pour couronne !

De l'Hippodrome, etc.

LE TEMPS.

Vous devez être superbe à cheval !

L'ÉTÉ.

A pied, à cheval... je ne crains personne... je suis une saison
ardente... mon caractère est brûlant comme mon cœur !

LE TEMPS, *montrant le picador.*

Quel est ce petit homme brun foncé ?

L'ÉTÉ.

C'est un picador basque de l'Hippodrome... Je vous le présente comme l'Espagnol le plus adroit au combat de taureaux.

MERCURE.

Pourquoi a-t-il un bandeau au front ?

L'ÉTÉ.

C'est qu'en sa qualité de picador, il ne pique jamais le tau-
reau ; mais il a piqué l'autre jour une tête, en sautant par
dessus l'animal, et il a failli se tuer.

LE TEMPS.

Quelle adresse ! et c'est l'Été qui a fait venir à Paris ces bêtes
à cornes ?

L'ÉTÉ.

Je m'en vante: les cornes ne doivent pas être un objet d'effroi
pour les Parisiens.

LE TEMPS.

Non, mais pour les Parisiennes ?

AIR : *On dit que je suis sans malice.*

Ces dames ont les nerfs sensibles,
Leur montrer des combats terribles
De taureaux toujours furieux,
C'est blesser leur cœur et leurs yeux !

L'ÉTÉ.

Je ne redoute point de blâmes !
Par respect pour les nerfs des femmes,
Je leur ai donné des taureaux
Qui sont doux comme des agneaux !

LE TEMPS, *montrant un cuirassier.*

Mais quel est ce militaire ?

L'ÉTÉ.

Ce militaire ?... c'est le public du Cirque... Tous les soirs il
assistait en régiment aux exercices de la troupe.

LE TEMPS.

De la troupe de Franconi !

L'ÉTÉ.

Elle en vaut bien une autre !

AIR : *Il n'est pas temps de nous quitter.*

Elle a gagné tant de combats,
Que c'est une fameuse école !
Elle peut former nos soldats
Avec Lodi, Wagram, Arcole !

MERCURE.

J'en conviens ; mais ces troupiers valeureux,
Qu'en spectateurs un commandant transforme,
Devaient offrir aux curieux
Un spectacle bien uniforme...

L'ÉTÉ.

Dame ! ce spectacle-là n'est pas à la hauteur du spectacle de
Pyrénées !

LE TEMPS.

Des Pyrénées !... Est-ce que vous en venez ?

L'ÉTÉ.

Je viens d'y faire l'ouverture des bains.

MERCURE.

Elle a été brillante ?

L'ÉTÉ.

Éblouissante ! admirable ! comme à Plombières, à Néris, à
Boulogne, à Dieppe !... C'était une cohue à tarir toutes les
sources.

AIR : *Messieurs, demain reviendrez-vous.*

Les bains ! les bains ! Dieu ! quel tableau !
La foule qui d'esprit se pique,
Pour éteindre la politique,
A couru se jeter à l'eau !
Baden, Hombourg ont leurs fêtes...
Leurs baignoires, par malheur,
Avec tapis et roulettes,
Ont noyé plus d'un baigneur...
On voit le beau monde accourir
A Spa, Néris, et quel cortége
A Vichy, Bagnères, Barège
Ce sont des sources de plaisir !
La mer a mille délices !
L'enfance même en riant
Quitte le sein des nourrices
Pour le sein de l'Océan.
A Dieppe, des effets nouveaux
Signalent la vague amoureuse ;
Et j'ai vu plus d'une baigneuse
S'enflammer au milieu des flots.
En tous lieux les bains prospèrent.
Ah ! de baigneurs quel monceau !
Si tous ceux qui s'enfoncèrent
Allaient revenir sur l'eau !
On s'inonde sans s'occuper
S'il est d'autres bonheurs sur terre ;
On dirait que la France entière
A besoin de se retremper !

LE TEMPS.

Oh ! je sais que les eaux ont eu beaucoup de succès cette année ! On y a retrouvé de la santé.

L'ÉTÉ.

Et de l'espérance.

LE TEMPS.

Cela vous donne des droits.

L'ÉTÉ.

J'en ai bien d'autres !... N'ai-je pas ouvert les produits de l'industrie ?

MERCURE.

Que vous est-il resté de l'*ouverture?*

L'ÉTÉ.

Il m'en est resté l'*ouvre-huîtres*... avec brevet... Vous pouvez ouvrir vous-même une douzaine d'huîtres fraîches, sans la garantie du gouvernement... De plus, il m'est resté un autre chef-d'œuvre, la sangsue mécanique... Elle mord partout...

LE TEMPS.

Encore une espèce de sangsues !

L'ÉTÉ.

Celle-là opère bien plus vite que les autres... Il n'y a pas de lancette qui puisse lui être comparée.

MERCURE.

Oui, c'est la marche du progrès !

AIR : *Haine aux femmes !*

A la lancette on ajouta
La sangsue, insecte aquatique,
Et pour mieux nous saigner, voilà
Qu'on a la sangsue mécanique !
Sangsue ! ô tes effets sont grands !
Maintenant, je comprends sans peines
Pourquoi nous voyons tant de gens
Qui n'ont plus de sang dans les veines !

L'ÉTÉ.

C'est une invention immortelle...

LE TEMPS.

Dites donc mortelle !
(*On entend deux coups de pistolets; deux pierrots tombent sur la scène.*)

MERCURE.

Qu'est-ce que c'est que ça ?

L'ÉTÉ.

Ne faites pas attention ! C'est un duel de représentants... Ils ont tiré leur poudre aux moineaux...

MERCURE, *qui a ramassé les pierrots.*

Les malheureux ! ils auront attrapé les témoins !

AIR : *Je loge au quatrième au étage.*

Après de si cruels outrages
Ceux qui devraient, prudents et doux,
Rendre les autres calmes, sages,
Et prêcher la paix entre tous,
Se querellent comme des fous !
Voyez où vos fureurs entraînent,
O féroces représentants,
Vos fatals duels nous ramènent
Au massacre des innocents !

LE JOUR.

La saison d'Automne demande si elle peut entrer.

L'ÉTÉ.

L'Automne déjà !

LE TEMPS.

Elle est bien pressée.

L'ÉTÉ.

Le Temps me sera-t-il favorable ?... vous savez tout ce que j'ai fait ?

LE TEMPS.

Oui, vous avez fait de jolies choses.

L'ÉTÉ.

J'espère que... je puis espérer...

LE TEMPS.

Comment donc ? qui est-ce qui n'espère pas aujourd'hui ? Faites entrer la saison d'Automne, et priez-la d'attendre ici.

AIR *de la Valse Bobin des Bois.*

Adieu l'Eté !... votre visite
Va me faire bien des jaloux !
Ah ! qu'avec regret on vous quitte !
Le temps va si vite avec vous !

L'ÉTÉ.

Vous me fuyez !

LE TEMPS.

Ne comptez pas, coquette,
Dans le sommeil me retenir !

L'ÉTÉ , *à part.*

Je crois que je suis plutôt faite
Pour l'éveiller que pour l'endormir.

ENSEMBLE.

LE TEMPS *et* MERCURE.

Adieu, l'Eté, etc.

L'ÉTÉ.

Adieu, le Temps ! que ma visite
Me prépare un triomphe doux ;
C'est à regret que je vous quitte,
Car on est très-bien avec vous.

Le Temps sort par la gauche et l'Eté par la droite.

MERCURE, *qui le suit, dit en sortant au Jour.*

Ouvre à l'Automne. (*Il disparaît.*)

SCENE VII.

L'AUTOMNE, *d'abord, puis* LE TÉLÉGRAPHE SOUS-MARIN

L'AUTOMNE, *entrant.*

AIR *d'Hervé.* (Marraines de l'An trois.)

Oui, c'est moi l'Automne,
Et sur ma couronne
En tout lieu rayonne
Le feu du plaisir !
Au jus de la tonne
Qu'un sage s'étonne,
C'est en vain qu'on tonne   } *bis*
Contre le plaisir !

Selon mon espoir,
    Je vais voir
Ce juge sévère !
Et par mes produits
Bientôt ses yeux seront séduits !
S'il me refusait,
    Ma main saurait
Remplir son verre !
Il doit m'admirer,
Car c'est moi qui vais l'enivrer.

Avec le champagne,
Ce nectar divin,
Pays de Cocagne,
Tu brilles soudain !
La vie embrasée
Par lui prend l'essor ;
Je vois sa rosée
Luire en perles d'or !
Femmes peu sévères,
Versez, flots vainqueurs,
Le vin dans les verres
L'amour dans les cœurs !

Oui, c'est moi, l'Automne, etc.

LE JOUR, *accourant.*

Mademoiselle, ce monsieur en écailles qui est arrivé en mêr
temps que vous, veut absolument entrer.

L'AUTOMNE.

Je sais ce que c'est. (*Se tournant vers la cantonade.*) Venc

enez, mon cher Télégraphe sous-marin... c'est l'automne qui
ous a produit... il faut qu'on vous connaisse.

SCENE VIII.

LES MÊMES, LE TÉLÉGRAPHE.

LE TÉLÉGRAPHE, *gesticulant.*

Psutt!

L'AUTOMNE.

Ah! je sais que vous ne parlez que par signes.

LE TÉLÉGRAPHE.

Psutt!

L'AUTOMNE.

Hein? vous êtes électrique... je le sais encore... cela vous fait
même faire de singulières grimaces... mais quand je songe à
tout ce que votre invention va produire de fabuleux... Grâce à
vous... grâce au télégraphe sous-marin, des conversations inté-
ressantes entre la France et l'Angleterre vont se suivre sans in-
terruption.

LE JOUR.

Je le crois bien... à cent lieues de distance on pourra se parler à l'oreille.

L'AUTOMNE.

Air *du Charlatan.*

L'entente cordiale, hélas !
Faisait une bien triste mine !
Les deux peuples en étaient las...
Vive l'entente sous-marine !
Au moins par ce moyen subtil,
Français, Anglais, d'humeur si franche,
Vont être amis !

LE JOUR.

Ainsi soit-il !

L'AUTOMNE.

Ils vont se tenir par un fil,
Eux qui se tenaient par la Manche.

LE TÉLÉGRAPHE.

Psutt!

LE JOUR.

Le Temps s'avance !

SCENE IX.

LES MÊMES, LE TEMPS, MERCURE.

LE TEMPS, *entrant vivement et allant à l'Automne.*

Ah! pardon, pardon, ma bonne, mon excellente Saison...
pardon de vous avoir fait attendre.

MERCURE.

Nous avions besoin de revoir l'Automne.

L'AUTOMNE.

J'espère que je vais un peu rafraîchir le Temps !

LE TÉLÉGRAPHE.

Psutt !

LE TEMPS, *à l'Automne.*

Ce monsieur est avec vous ?

L'AUTOMNE.

Je vous présente le Télégraphe sous-marin... l'une de mes plus belles conquêtes.

LE TEMPS.

Ah ! diable ! j'en ai beaucoup entendu parler !... C'est une invention pleine de fraîcheur.

L'AUTOMNE.

Et d'une grande ressource... D'abord pour les amoureux.

LE TEMPS.

Sans doute... Paris et Londres vont faire un échange continuel de déclarations... pas de guerre...

L'AUTOMNE.

Mais c'est surtout pour les affaires d'état et de bourse, que le Télégraphe sous-marin sera d'une prodigieuse utilité !

LE TEMPS.

Et pour les affaires de journaux, donc !

AIR *de Turenne.*

Les succès, les chutes, les brèches,
Seront connus presque à l'instant,
Et l'on recevra des dépêches
Comme par un enchantement !
En narguant voleur et brigand,
On ne craindra ni pistolets ni dagues,
Seulement par de tels signaux,
En traversant ainsi les flots,
Les nouvell's seront un peu vagues !

L'AUTOMNE.

Je n'ai pas voulu vous amener le géant du café Mulhouse... Le Palais-Royal s'en est emparé... Et puis, le Temps n'est pas aux grands hommes.

LE TEMPS.

C'est une botte que vous me portez...

L'AUTOMNE.

A propos de botte, c'en est une que je vais vous offrir...

SCÈNE X.

ES MÊMES, QUATRE MILITAIRES, *ayant une jambe fourrée dans une botte paraissant du dessous, et sur laquelle est écrit : Botte d'Italie.*

CHŒUR DE QUATRE SOLDATS.

AIR :
Oh! oh! oh! oh! ah! ah! ah! ah!
Ça me presse...
Sortons de là, la la!
Oh! oh! oh! oh! ah! ah! ah! ah!
Ça me blesse...
Tirons-nous d'là, la la!

LE TEMPS.

Qu'est-ce que c'est que cela?

L'AUTOMNE.

C'est l'Espagne, Naples, l'Autriche et la France qui se sont is d'amour pour la même chaussure et qui se sont fourrés dans.

AIR *vaudeville des Fiancés.*
Pour conserver la botte d'Italie,
Ils ont voulu tous y mettre le pié...
Et maintenant chacun d'eux a l'envie
De s'en tirer sans être estropié,
Et le moment propice est épié!
Mais vains efforts! tout devient inutile!

LE TEMPS.

Dans cette botte, en fort beau cuir,
Il paraît qu'il est plus facile
D'entrer que de sortir!

L'AUTOMNE.

Les paris sont ouverts.

LE TEMPS.

Oui, mais la botte?

L'AUTOMNE.

Oh! elle ne l'est pas encore! Ces gaillards-là ne veulent pas culer d'une semelle.

LE TEMPS, *les lorgnant.*

Voilà une chaussure qui les gênera longtemps... c'est trop iste.

MERCURE.

Ils auront du mal à se déchausser.

LE TEMPS, *au Jour.*

Qu'on leur apporte mon tire-botte.

MERCURE, *aux soldats, leur donnant le tire-botte.*

Tenez.. tâchez de vous retirer de cette botte sans trop l'endommager.

LE TEMPS.

S'ils y parviennent, je l'irai dire à Rome.

CHOEUR DE SOLDATS, *en essayant le tire-botte.*

Oh! oh! oh! etc.

Ils disparaissent avec le tire-botte.

MERCURE.

Eh bien! eh bien! ils emportent le tire-botte!

L'AUTOMNE.

Ça leur servira plus tard! (*On entend un grand bruit.*)

SCENE XI.

LES MÊMES, LES THÉATRES.

LE TEMPS.

Quel est ce vacarme?

L'AUTOMNE.

Ce sont les Théâtres de Paris à qui j'ai rendu la santé, et qui viennent voter pour moi.

CHOEUR DES THÉATRES, *qui entrent.*

AIR *de la Dame blanche.*

Vive la saison qui nous rend
Dans les plaisirs le premier rang...
Vive la saison qui nous rend
Notre riant
Public payant!

LE TEMPS.

Quelle bigarrure!

L'AUTOMNE.

Chacun a le costume de son emploi.

AIR *du Domino noir.*

Vous voyez ici les spectacles
Qui de Paris forment le lot!
C'est par le plus grand des miracles
Que j'ai pu les remettre à flot!

D'abord l'*Opéra...* ce grivois
Qui naguères presque sans voix

Dépérissait...
Il marche à l'aide d'un ballet !

Ce *Chicaneau*... c'est les *Français !*
Il vient de perdre son procès !
        En le gagnant
Il perdait son plus beau talent!

Ici c'est l'*Opéra-Comique !*
  La *Fée aux Roses* peut tenter...
Mais ell' n'aurait rien de magique
  Si l'on ne l'entendait chanter !

  Grâce à ses quat' bons *numéros,*
  Le *Vaudeville* si dispos
        Courbe le dos
Sous le poids de ses lourds *impôts.*

        Cet élégant
        Au jaune gant,
C'est le *Gymnase* à l'air fringant ;
    Il a bon ton, du cœur,
    Mais il manqu' de couleur !

La *Montansier* nargue le blâme,
  Sa loterie est sans détours,
Et son gros lot, c'est une femme
  Qu'*Alcide-Tousez* gagne toujours.

  Les *Variétés,* sans façon,
  Des *Bohémiens* prennent le nom.
        Ces *Bohémiens*
Sont tout bonnement des vauriens.

  Ce *Connétable de Bourbon ,*
  Que l'on n'a pas trouvé fort bon,
        Mais très-gredin,
  C'est le théâtre *Saint-Martin* !

Sous ce costume magnifique
Qui lui valut tant d'agréments,
Voici le *Théâtre-Historique*
Qui ne donne que des romans.

  L'*Ambigu,* plus vif qu'un démon,
  S'est mis en *Quatre fils Aymon,*

2

En attendant
Un autre ennuyeux *Juif-Errant.*

La *Gaîté* qui, sans aucun bruit,
A quitté ses *Belles de nuit,*
Porte sa croix,
Sa *Croix de Saint-Jacques,* je crois!

Cet homme rouge à sa pantoufle,
A l'air si noir, c'est l'*Odéon.*
Quel que soit le vent qui le souffle,
Il tourne à la subvention.

Voilà, voilà tous les spectacles
Qui de Paris forment le lot!
Jugez si j'ai fait des miracles
Quand je les ai remis à flot!

REPRISE ENSEMBLE.

Sortie des Théâtres.

MERCURE.

L'Odéon devrait cependant se mettre plus confortablement,
car il vient d'être *rechampi...*

LE TEMPS.

Par un homme?...

L'AUTOMNE.

Non.

LE TEMPS.

Par une femme?...

L'AUTOMNE.

On n'est pas sûr!

LE TEMPS.

Le thermomètre?

LE JOUR.

Il est à *François le Champi.*

MERCURE.

Air *de Blanchard.*

Cette œuvre d'un esprit terni
Par la politique cruelle,
Prouve que le bon goût banni
Reprend sa place naturelle.
Cette muse est un vrai présent;
Mais qu'elle songe, pour sa gloire,
Qu'il faut que sa plume à présent
Efface à force de talent
Les bulletins du provisoire..

SCENE XII.

LES MÊMES, LA NUIT.

LA NUIT.

Pardon, monseigneur le Temps, de vous déranger... Mais il est cinq heures... et je viens prendre mon service.

LE JOUR.

Déjà?

LA NUIT.

Nous sommes en plein décembre, et le jour baisse de bonne heure.

LE JOUR.

Comment! je baisse?... Vous voudriez bien, ma mie, que je vous prêtasse mon soleil.

LA NUIT.

Je me contente de la lune.

LE JOUR.

C'est que moi je n'éclaire que des choses glorieuses!

LA NUIT.

Oui, elles sont belles, vos glorieuses!

LE JOUR.

Vous éclairez les voleurs!

LA NUIT.

Et vous la Bourse!

LE TEMPS.

Allons, le Jour, cédez la place à la Nuit...

LE JOUR.

Adieu, Nuit obscure!

LA NUIT.

Adieu, Jour fini. (*Le Jour sort; la rampe fait la nuit.*)

SCENE XIII.

LES MÊMES, *excepté* LE JOUR.

MERCURE.

Ils sont comme chien et chat.

L'AUTOMNE.

Je reviendrai pour la cérémonie; je vais faire un tour de café avec mon Géant.

LE TEMPS, *à l'Automne.*

AIR : *Vaudeville de la Robe et les Bottes.*

Ceci sera bien disparate!
Prendre un semblable procureur!

Vous, de forme si délicate !

LE TEMPS.

La taille ne me fait pas peur !

LE TEMPS.

En vérité, j'admire comme
Vous pouvez choisir sans émoi
Un cavalier aussi bel homme !...

L'AUTOMNE.

On n'est jamais trop bel homme pour moi.

LA NUIT, *annonçant.*

L'Hiver !

L'AUTOMNE, *sortant.*

Adieu, le beau Temps !

LE TEMPS.

Et vite ! une illumination de Jardin-d'Hiver... Que la température reste douce... tel est notre bon plaisir ! (*Illumination avec lanternes de couleurs.*)

SCENE XIV.

LE TEMPS, LA NUIT, MERCURE, L'HIVER, un CHASSEUR.
(*L'Hiver, sous les traits d'une jolie femme portant pelisse, manchon, dentelles, diamants, etc.—Elle est suivie d'un chasseur en livrée élégante ; il porte des camélias, des oranges, des sacs de bonbons, des ananas, etc.*)

L'HIVER.

Chasseur, placez ici ces camélias, ces oranges et ces ananas.

LE TEMPS, *avec galanterie.*

A ces douceurs, je reconnais l'Hiver.

L'HIVER.

Eh bien ! oui, c'est moi !... moi l'Hiver, moi la saison des bals, des raouts, des concerts, de la joie et des soupers.

MERCURE.

Je ne dédaigne pas les soupers !...

L'HIVER.

Je traîne après moi la folie, les ris, les jeux !

MERCURE.

Les jeux !... on va donc les rétablir ?

L'HIVER.

Pas de jeux de mots !... Il faut du luxe, de l'éclat, de l'argent à ce pays, qui ne demande qu'à renaître !

Air *inédit de Monpou.*

Moi, je suis la saison des fêtes.
Les têtes
Tournent de tous côtés par moi,
Les jeux, les ris sont mes conquêtes,
Et de mes clochettes
Tout subit la loi.

Du carnaval qui nous entraîne,
La reine,
C'est moi! j'étais lorette hier,
Aujourd'hui je suis souveraine;
Saluez-moi, je suis l'Hiver!

Dans le salon, dans la guinguette
Je guette
De l'archet le brillant signal,
Sous un domino noir ou rose,
Souvent je m'expose
Aux dangers du bal!

Que devant moi la politique
Abdique!
Le plaisir est mon étendard!
La danse, c'est ma république,
Et mon président, c'est Musard!

REPRISE DE L'AIR.

TOUS.

Oui, c'est bien la saison des fêtes,
Les têtes
Tournent de tous côtés par toi,
Les jeux, les ris sont tes conquêtes
Et de tes clochettes,
Tout subit la loi.

LE TEMPS.

Et comment vous nomme-t-on, cette année?

L'HIVER.

De vingt noms divers! Je suis à la fois Mazurka, Polkette,
Quadrille, Lansquenet, Redowa, Frisette... enfin, ce que vous
voudrez!... Je vais en coupé, en traîneau, en souliers de ve-
lours, en patins, en socques articulés... Le brouillard, la pluie,
le vent, la giboulée, le froid et le verglas sont mes sujets... Mais
j'ai aussi l'Opéra, le masque, le domino, la danse et le carnaval.

2.

MERCURE.

On prétendait que l'Hiver serait cruel?

L'HIVER.

Moi, cruelle!... je déclare que ce n'est pas dans mes intentions! cela dépend du Temps... En tout cas, on en sera quitte pour se chauffer.

MERCURE.

On ne manquera pas de bois mort.

L'HIVER.

Quand ce ne seraient que ces arbres infortunés qu'on a placés en sentinelles perdues dans tous les quartiers de l'aris.

AIR : *Un homme pour faire, etc.*

Tous ces peupliers ont longtemps
Défiguré plus d'une rue ;
Ils inquiétaient les passants
Et gênaient la marche et la vue ;
Maintenant, leur sèche couleur
A les mettre au feu nous engage,
Pour qu'ils donnent de la chaleur,
Puisqu'ils ne donnent plus d'ombrage.

LE TEMPS.

C'est justice.

L'HIVER.

Ah! vous n'en direz peut-être pas autant de tout ce que j'ai produit...

SCÈNE XV.

LES MÊMES, M. POURQUOI-ÇA.

M. POURQUOI-ÇA. (*Il arrive vivement et se place au milieu de la scène en attitude comme à la tribune.*)

La parole est libre!... l'idée passe partout... j'use de mon droit!... Je demande à interpeller! je veux interpeller!... j'interpellerai !

MERCURE.

A qui en a-t-il, celui-là ?

L'HIVER.

C'est M. Pourquoi-ça !... l'insatiable faiseur d'interpellations! Dans la presse, dans les salons, dans la chambre, il questionne, il demande, il interpelle.

M. POURQUOI-ÇA.

C'est ma spécialité! je veux savoir le pourquoi de tout ce qui se fait... et même de tout ce qui ne se fait pas.

AIR: *Qu'un poëte.*

J'interpelle! (*bis*)
Qu'on me repousse ou m'appelle!
J'interpelle! (*bis*)
Mon mot à moi,
C'est: Pourquoi?

Au plus petit accident,
J'interpellerais d'emblée
Un ministre, une assemblée,
Et même le président!
En voyant dans cette vie
Comme tout marche, morbleu!
Il m'a souvent pris l'envie
D'interpeller le bon Dieu!
J'interpelle, etc.

Pour moi tout est instructif!
Et toujours sur l'offensive,
De tout ce qui nous arrive
Je veux qu'on dis' le motif...
Tout savoir est ma chimère!
Et si ma femme, ma foi,
Venait à me rendre père,
Je voudrais savoir pourquoi!
J'interpelle, etc.

LE TEMPS.

Mais ici que venez-vous demander?

M. POURQUOI-ÇA.

Ah! j'aurais bien des interpellations à vous faire!... mais je me bornerai à une seule... et je vais vous parler au nom de beaucoup de monde... Je désirerais savoir ce que le Temps fera de la chose actuelle?... *Responde omnibus?*

LE TEMPS.

Vous êtes curieux!

M. POURQUOI-ÇA.

Une réponse... et des raisons surtout.

AIR : *J'ai vu la Meunière.*

Nous avons vu beaucoup de faits,
De métamorphoses,
Nous avons subi les effets
Sans connaîtr' les causes.
Il est temps qu'on s'expliqu', je croi!

Depuis deux ans, guerr', paix et loi....
   On a fait trop d' choses
   Sans savoir pourquoi.

Je veux des explications
   Sur tout' circonstance !
On a fait des révolutions
   Avec ignorance.
On a mis tout en désarroi,
Dites-nous à propos de quoi ?
   Si ça recommence,
   On saura pourquoi !

LE TEMPS.

Vos interpellations, si l'on y répond, doivent interrompre des travaux utiles.

M. POURQUOI-ÇA.

Est-il rien de plus utile que de demander des renseignements ? C'est moi qui ai mis sur le tapis la question des diamants de la couronne.

MERCURE.

L'opéra comique d'Auber !

M. POURQUOI-ÇA.

Du tout!... il s'agissait de l'écrin de nos anciennes gloires.

L'HIVER.

Et vous êtes cause qu'on a proposé à une Assemblée française de les vendre.

Air : *De la jeune Mère.*

Quoi ! dans ces jours, quand tremble chaque trône,
   Quand l'univers est un volcan,
Les diamants de ta couronne,
   France, on les vendrait à l'encan !
   Eh quoi ! ta couronne à l'encan !
De ces bandeaux, ah! respectons la gloire !
Ils ont touché tant de fronts éclatants,
   Qu'ils sont incrustés dans l'histoire...
   France, garde tes diamants !

M. POURQUOI-ÇA.

On ne les lui laissera pas, c'est moi qui vous le prédis !

L'HIVER.

Je ne prendrai pas de vos almanachs.

M. POURQUOI-ÇA.

Vous avez bien assez des vôtres ! Y en a-t-il des almanachs!... et de toutes les couleurs ! Oh ! si je les interpellais !...

L'HIVER.

Ils vous répondraient... Ils ont bec et ongles.

M. POURQUOI-ÇA.

Les dindons aussi ont bec et ongles... D'ailleurs, j'ai pris les plus foncés sous ma protection !... C'est moi qui les propage.... Tenez ! voilà la liste de tous mes almanachs ! (*Il déroule une longue bande sur laquelle sont tous les titres des almanachs peints en rouge.*) Je m'adresse à l'ouvrier, au paysan... à la jeunesse...

LE TEMPS, *lui arrachant la liste.*

Misérable !

AIR : *Un page aimait la jeune Adèle.*

A bas tous ces vils pamphlétaires
Que tant de maux n'ont pu fléchir !
Par leurs doctrines téméraires
La France doit-elle périr ?
Leur plume insolemment affronte
Le passé qu'ils veulent flétrir...
Ils couvrent le présent de honte...
Ils empoisonnent l'avenir !

M. POURQUOI-ÇA.

Je vous entends !... Vous aimez mieux les almanachs qui prédisent l'impossible.

LE TEMPS, *avec ironie.*

Le règne des honnêtes gens, n'est-ce pas ?

L'HIVER.

AIR : *Quoi ! c'est la paix, dit notre homme.*

On doit avoir confiance
En des temps moins affligeants.
On peut annoncer d'avance
Le règne des honnêtes gens !
Car malgré ce qu'on fera,
Et ce qu'on a fait déjà,
    Ce règne-là
    Reviendra.
    Ça reviendra. (*bis.*)
    On reverra
    Ce règne-là !

Mais en attendant, je vous annonce le règne de la folie.

(*Une foule d'hommes et de femmes en pierrots, en pierrettes, en débardeurs et autres costumes, s'élance sur la scène en chantant.*)

SCÈNE XVI.

LES MÊMES, PIERROTS, PIERRETTES, DÉBARDEURS, etc.

CHŒUR.

AIR des *Enfants de Paris.*

La danse, le bal,

Il n'est rien d'égal
A cette
Recette !
Chassons les soucis;
La danse à tout prix
Règne dans Paris.

LE TEMPS.

Quoi! c'est avec la danse que vous espérez?...

L'HIVER.

La danse!... c'est la panacée universelle!... elle console de tout! c'est la racine de patience des peuples !

REPRISE.

La danse, le bal, etc.

L'HIVER.

AIR :

Le quadrille, de la folie
   Nous marqua
On a pour ranimer la vie,
   La polka !
Qu'une catastrophe survienne
   En chemin,
La redowa, la cracovienne
   Vont leur train !
Fût-on voisin d'un alarmiste
   Provoquant,
Quelle est la douleur qui résiste
   Au cancan ?

CHŒUR.

La danse, le bal etc.
(Ritournelle d'une redowa. On se place.)

|SCÈNE XVII.

LES MÊMES, LES TROIS SAISONS.

LE PRINTEMPS, L'ÉTÉ, L'AUTOMNE.

J'en suis! j'en suis!

MERCURE.

Allons, voilà les Saisons confondues!

(Redowa dansée par les Saisons. Vers la fin tout le monde se met de la partie. Le Temps lui-même fait une passe avec chaque Saison.)

MERCURE, pendant la danse.

Elles font danser le Temps! il est perdu, le malheureux ! Voilà le Temps d'aujourd'hui!

LE TEMPS, tout essoufflé et enthousiasmé, arrête la danse.

C'est ravissant ! c'est fascinant ! c'est délirant ! mais laissez-

oi souffler!... Vous tueriez le temps! Je suis dans un enthou-
asme impossible à décrire!... Je vais *distribuer le prix!* Mer-
ure, que dit le thermomètre?

MERCURE.

Le thermomètre est au plus haut... Il a fait comme ous, il a
auté... Il est à la médaille.

LE TEMPS.

C'est à l'Hiver que je la décerne!... Il n'y a que la danse qui
prospéré en France et qui puisse s'y implanter sans révolutions!
a danse enfonce la politique, la critique, la mécanique, l'opéra-
omique et toutes les choses en *ique*...

L'HIVER.

Alors... nous allons redanser...

REPRISE, *avec danse.*

La danse, le bal etc.

LE TEMPS, *les arrêtant.*

Assez! assez! la danse est comme tout ce qui agite! Il faut
ue ça finisse!

RONDE FINALE.

AIR : *Vaudeville de Paris à Pékin.*

LE TEMPS.

La chose actuell' nous a fait passer
    Par plus d'un préjudice!
Si c'est toujours à recommencer,
    Il faut que ça finisse!

LE JOUR.

Des empereurs comm' monsieur Faustin
    Au teint de pain d'épice,
Monsieur Rosas ou tout autr' pantin,
    Il faut que ça finisse!

MONSIEUR POURQUOI-ÇA.

Pourquoi chacun demeure-t-il coi,
    Quoiqu'il soit au supplice?
Pourquoi n'avoir plus un... je sais bien quoi?
    Il faut que ça finisse!

L'ÉTÉ.

L'un dit ceci, l'autre dit cela,
    Tous dis't : qu'on me choisisse!
Mais la France à son tour parlera...
    Il faut que ça finisse!

MERCURE.

Que de duels sans aucun bobo!
    Que de colèr' factice!
Qu'ils s'écorchent donc un peu la peau!
    Il faut que ça finisse!

L'AUTOMNE.

Poëtes, qui parlez à rebours
  D'honneur et de justice,
Faites des vers, brûlez vos discours...
  Il faut que ça finisse!

L'HIVER.

Je fus vraiment d'un bonheur sans fin
  En amour, dit Alice;
Je veux aimer un républicain !...
  Il faut que ça finisse !

LE PRINTEMPS.

Dieu se croyait toujours institué
  Pour remplir son office!
Par monsieur P... le v'là destitué !
  Il faut que ça finisse !

L'AUTOMNE.

Contre les rats un arrêt aura
  Son cours et sa justice !
Quel deuil si par les rats de l'Opéra
  Il faut que ça finisse !

MERCURE.

Vous, du pays l'espoir et l'appui,
  Que rien n' vous désunisse!
N'ayez qu'un cœur, qu'un bras et qu'un cri :
  Il faut que ça finisse !

LE TEMPS.

Sur le Pont-Neuf, d'un air grave et doux,
  Tourné vers la justice,
Henri IV semble dire à tous :
  Il faut que ça finisse!

Au public.

LE PRINTEMPS.

C'est moi...

L'ÉTÉ.

  Moi...

L'AUTOMNE.

  Moi...

L'HIVER.

    Moi, messieurs, je croi,
Qu'il faut qu'on applaudisse.

LE TEMPS.

Applaudissez ces dames, et moi,
  Il faut que ça finisse!

FIN.

Paris, — Imprimerie Dondey-Dupré, rue Saint-Louis, 46, au Marais.

www.ingramcontent.com/pod-product-compliance
Lightning Source LLC
Chambersburg PA
CBHW060853180626

46818CB00004B/1680